Paris, imprimerie Paul Dupont,
r. Grenelle-Saint-Honoré, 55.

CHANTS DE L'ATELIER

PAR

CLAUDE GENOUX,

Ouvrier margeur,

AUTEUR DES MÉMOIRES D'UN ENFANT DE LA SAVOIE.

———

Pour s'en tenir au lot que vous lui faites,
Le pauvre peuple a besoin de chansons.
BÉRANGER.

PARIS,

GEORGES DAIRNVÆLL, LIBRAIRE,
RUE DE SEINE-SAINT-GERMAIN, 11.

1850.

AVANT-PROPOS.

———

Quand un ouvrier, qui d'ordinaire n'a pas plus d'instruction que de loisir, tire un crayon de sa poche, on peut être certain que c'est pour faire une chanson. Pourtant, une chanson irréprochable, une chanson où la forme et la pensée se marient d'une manière simple et savante à la fois, n'est pas chose facile à exécuter. — Mais alors, dira-t-on, comment peuvent se produire ces milliers de chants de toute sorte que la France voit naître et mourir chaque année? — Par cette raison bien simple, que ce genre de littérature peut se cultiver en toute position ; une fois l'air choisi, l'ouvrier fait ses couplets partout où il se trouve : dans la rue, chez lui (s'il en a un), à l'atelier, tout lieu lui est indifférent pour écrire ; il lui arrive même souvent de ne faire aucun frais de bureau : sa mémoire lui tient lieu de tout.

Ainsi naquirent les chansons de ce Recueil ; elles naquirent dans la rue, dans la rue dont l'atmosphère est, pour ainsi dire, du matin au soir, imprégnée des idées politiques et sociales du jour.

Je publie donc ces chansons, non parce que je les crois bonnes, mais parce qu'elles sont l'expression d'une époque. Jeune et plein d'enthousiasme, j'ai pu croire que j'étais né poëte : l'âge ne m'a pas encore prouvé le contraire. Toutefois, comprenant enfin que mes vers ne sont que de médiocres vers, comprenant aussi que la médiocrité elle-même n'est pas supportable en poésie, Lecteur, je fais à ma muse d'irrévocables adieux.

C. G.

CHANTS DE L'ATELIER.

LE PREMIER IMPRIMEUR.

A M. Paul Dupont.

Air *Du Tailleur et la Fée* (BÉRANGER),
D'Asmodée (L. FESTEAU.)

Le moyen âge expirait, et Bizance
Courbait son front sous les fiers Osmanlis;
Siècle de fer, où notre belle France
Voyait l'Anglais souiller ses fleurs de lis.
De l'Hibernie au Palus-Méotide,
Régnait sans frein la Féodalité;
Et dans la nuit la pauvre Humanité
Cherchait un port, sans boussole et sans guide.
L'imprimerie, aux yeux du genre humain,
Nouveau soleil, resplendira demain!

Non loin des bords du brumeux Zuiderzée,
Au bourg d'Harlem, que ceignait le brouillard,
Dans une tour à l'étroite croisée,
Seul, dans la nuit, travaillait un vieillard.
Le corps penché sur le buis qu'il burine,
Laurent Coster, inondé de sueurs,
S'écrie : « Enfin ! Dieu bénit mes labeurs :
« L'homme égaré vers son but s'achemine !
« L'imprimerie, aux yeux du genre humain,
« Nouveau soleil, resplendira demain ! »

Enfants, cet homme était un grand prophète,
Un nécroman, pour ce temps reculé :
« Sa vieille tour attire la tempête, »
Disait le peuple, au môle rassemblé.
Il répondait : — « Je te plains, l'ignorance
« Comme un rideau, te voile l'horizon !
« Je vais donner la vue à ta raison,
« Qui planera dans un espace immense !
« L'imprimerie, aux yeux du genre humain,
« Nouveau soleil, resplendira demain !

« Société, je t'ai payé ma dette ;
« Pour ton bonheur, j'ai lutté cinquante ans !

« Toi qu'un baron par la peur rend muette,
« Tu vas dicter des lois aux conquérants.
« Oui ! par mon art, multipliés sans nombre,
« Les saints écrits, la science et Platon,
« Des mers du Nord aux rives de Canton,
« De l'ignorance iront dissiper l'ombre !
« L'imprimerie, aux yeux du genre humain,
« Nouveau soleil, resplendira demain !

« Tout ici-bas de tout se renouvelle,
« Tout ! l'esprit même a ses attractions !
« L'étoile éteinte, une autre se révèle !
« A Gutenberg, je lègue mes rayons !
« C'est un aimant aussi que le génie,
« Lui seul et Dieu n'ont point d'hérédité !
« Viens, Gutenberg, viens, ma postérité,
« Sauver le monde en proie à l'agonie !
« L'imprimerie, aux yeux du genre humain,
« Nouveau soleil, resplendira demain ! »

Quand ce chrétien à Dieu rendit son âme,
Dit Van-Ramberg, l'obscurité régnait ;
L'âtre était froid, et, vacillante flamme,
Ainsi que lui, sa lampe s'éteignait.

Ce travailleur, que l'Univers honore,
Sur le barreau de sa presse mourut :
« Oh ! sois ! » dit-il, et la lumière fut !
La nuit passa, faisant place à l'aurore !
L'imprimerie, aux yeux du genre humain,
Nouveau soleil, resplendira demain !

NINA L'OUVRIÈRE.

Air *Giroflée au Printemps*.

Doux rossignol de nos mansardes,
Jeune orpheline de seize ans,
Que n'ai-je, du sergent aux gardes,
La grâce et les traits séduisants.
O ma voisine! si gentille!
De tes yeux connais le pouvoir;
Non, plutôt chante, ô jeune fille!
Chante du matin jusqu'au soir.
    Noble cœur, triomphant
    De ta misère extrême,
    Contre ton cœur lui-même,
    Défends-toi, pauvre enfant!

Chante ; à ton âge, enfant, la vie
N'est qu'une douce fiction ;
N'entends-tu pas, l'âme ravie,
L'ange du cœur, l'illusion.
Nina, nos rêves de jeunesse
Sont les plus doux, les vrais plaisirs...
Mais tes yeux brillent de tendresse ;
Nina ! quoi ! déjà des désirs !

  Noble cœur, triomphant
  De ta misère extrême,
  Contre ton cœur lui-même,
  Défends-toi, pauvre enfant !

Oui, le sort de la femme est triste !
Dans ta cage, comme un oiseau,
Chante, Nina, prends, coloriste,
Avec amour, prends ton pinceau ;
J'ai vu se plaindre maintes dames
Des lois de la société.
Riez, chantez, ô pauvres femmes !
Nina, garde bien ta gaîté.

  Noble cœur, triomphant
  De ta misère extrême,
  Contre ton cœur lui-même,
  Défends-toi, pauvre enfant !

Chante, Nina, ton jeune frère
T'écoute en soufflant dans ses doigts ;
Chante les vieux airs de ta mère,
Mère que vous pleurez parfois.
O bonne sœur ! fille chrétienne,
Quand ton front blanc sera bruni,
Paul, dis, crois-tu qu'il se souvienne
D'avoir mangé ton pain béni ?

    Noble cœur, triomphant
      De ta misère extrême,
      Contre ton cœur lui-même,
      Défends-toi, pauvre enfant !

Toujours rieuse ! oh ! la morale
Jamais guérit-elle un chagrin ?
Tu chantes comme la cigale,
Puis vient l'hiver, plus un seul grain !
Oh ! quand la faim hurle en ton gîte,
Quand le froid te fait frissonner,
Regrettes-tu, pauvre petite,
Les sous que je t'ai vu donner ?

    Noble cœur, triomphant
      De ta misère extrême,
      Contre ton cœur lui-même,
      Défends-toi, pauvre enfant !

Lutte, Nina, contre l'infâme
Qui t'offre un élégant camail ;
Lutte contre l'homme sans âme,
Qui s'enrichit de ton travail ;
Avenir, vertu, conscience,
Ne seraient-ils que de vains mots ?...
Dieu, qu'est-ce donc que l'espérance,
Qui console de tant de maux ?
  Noble cœur, triomphant
  De ta misère extrême,
  Contre ton cœur lui-même,
  Défends-toi, pauvre enfant !

PHILOSOPHIE PRATIQUE.

Air *Je commence à m'apercevoir.*
Des *Troubadours* (BÉRANGER).

Je ne suis qu'un pauvre ouvrier,
Mais la gaîté m'inspire;
Du sort, j'ose le dire,
Les coups ne me font point plier.
J'aime la vie,
Quoique asservie.
Les biens d'autrui ne me font point envie!
Joyeux, j'attends la liberté,
De la mort seule égalité;
Heureux de vivre, heureux par ma gaîté!
Philosophe, je chante;
Du sort qui me tourmente,
Oui, je me ris comme de l'an quarante!

Je déteste l'ambition ;
J'abhorre la rapine ;
L'amour, c'est ma doctrine ;
Le bien, c'est ma religion ;
Par caractère,
Vrai prolétaire,
Sans or, sans nom, je suis bien sur la terre.
Plus utile qu'un beau parleur,
Je sais agir : tout travailleur
Doit porter haut et la tête et le cœur !
Philosophe, je chante ;
Du sort qui me tourmente,
Oui, je me ris comme de l'an quarante !

Esprit entier, me dira-t-on,
Quelle erreur est la tienne !
Que le malheur survienne,
Alors tu changeras de ton.
Change toi-même
Ta face blême,
Cœur de mouton, mon courage est extrême.
Le malheur !.... nous nous connaissons ;
C'est le parrain de mes garçons.
Lui-même aussi m'inspire mes chansons.

Philosophe, je chante ;
Du sort qui me tourmente,
Oui, je me ris comme de l'an quarante !

De grands penseurs ont fait surgir
De belles théories,
Dont les phrases fleuries
Nous dorent un bel avenir !
Je veux y croire...
Versez à boire ;
Rires et pleurs voilà toute l'histoire.
Depuis cinq mille ans nous souffrons !
Chaque siècle dit : Nous verrons...
Et que voit-il ? La sueur sur nos fronts !
Philosophe, je chante ;
Du sort qui me tourmente,
Oui, je me ris comme de l'an quarante !

Aide-toi, le Ciel t'aidera ;
Fort de ta conscience,
Marche ! l'idée avance ;
Sois juste : advienne que pourra !
Lutte, courage !
Prends, homme sage,
Plaisirs, douleurs, que le hasard partage.

Sous un ciel pur ou nébuleux,
Tu dois avoir le cœur joyeux ;
Le vrai bonheur, c'est de se croire heureux ! —
      Philosophe, je chante ;
      Du sort qui me tourmente,
Oui, je me ris comme de l'an quarante !

Ce monde, et si large et si long,
      N'est qu'un grain dans l'espace !
      L'homme qui s'y prélasse,
Aux yeux de Dieu, mais qu'est-il donc ?
      Un éphémère,
      Dans la poussière,
Que, par un trou, fait danser la lumière !
      Croyez-en d'augustes édits ;
      Rustres, prélats, grands, érudits,
Sont tous égaux, infiniment petits !
      Philosophe, je chante ;
      Du sort qui me tourmente,
Oui, je me ris comme de l'an quarante !

PARADOXE.

————

Air Des trois Couleurs.

Tes arts, tes lois, tes sciences nouvelles,
De l'avenir, ô fière humanité !
Assurent-ils, par des moissons plus belles,
Et l'abondance et la prospérité ?
Non, l'incendie à travers champs s'élance ;
Que de fumée ! ah ! mon beau ciel, adieu !
De la vapeur subissons la puissance ;
Mais l'avenir, l'avenir n'est qu'à Dieu !

Nouveaux Titans, fils de l'ange rebelle,
De l'Éternel si vous n'avez point peur,
Contre les cieux dressez donc votre échelle ;
Que vos ballons montent par la vapeur.
Non ! Babylone a vu sa décadence ;
Maint char rapide a rompu son essieu.

De la vapeur subissons la puissance ;
Mais l'avenir, l'avenir n'est qu'à Dieu !

Ce beau progrès, dont vous faites un fleuve :
Fleuve fécond, que le temps fait grandir,
N'est qu'un torrent où le riche s'abreuve,
Et qu'en Juillet le soleil peut tarir.
Le travail manque ! Ah ! perdant patience,
Le pauvre, un jour, s'armera d'un épieu !
De la vapeur subissons la puissance ;
Mais l'avenir, l'avenir n'est qu'à Dieu !

L'hélice en mer, et le feu qui l'active,
Ont-ils fait plus que le brick de Colomb ?
Et sans chevaux, votre locomotive
Nous donne-t-elle un engrais plus fécond ?
Non, grand Papin ; non, toute ta science
De Parmentier ne vaut pas un cheveu !
De la vapeur subissons la puissance ;
Mais l'avenir, l'avenir n'est qu'à Dieu !

Dans nos cités, l'homme devient débile ;
Par l'industrie, il affaiblit ses mains ;
Oh ! mieux pour lui vaudrait le toit d'argile,
Et la vigueur des vieux pâtres romains.

Faible, souffrant, et l'esprit en démence,
Vieillard-enfant, il joue avec le feu !
De la vapeur subissons la puissance ;
Mais l'avenir, l'avenir n'est qu'à Dieu !

Dans l'avenir, vois, me dit un augure,
A l'horizon poindre des jours meilleurs ;
Vois la science, aidant l'agriculture,
Couvrir nos champs de moissons et de fleurs.
Oh ! le beau rêve ! ah ! toujours l'espérance
Meurt et renait en tout temps, en tout lieu !
De la vapeur subissons la puissance ;
Mais l'avenir, l'avenir n'est qu'à Dieu !

RÊVE DE BONHEUR.

Air *De la Sentinelle.*
L'Ombre d'Anacréon (BÉRANGER).

Au bord d'un fleuve au cours majestueux,
Près d'un palais, phalanstère splendide,
J'arrive un jour, ardent, impétueux,
Mais simple et doux, comme l'était Candide.
    J'avais vingt ans, mes rêves d'or
    Étaient, seuls, tout mon héritage !
    Rêves, durez, durez encor (*bis*).
    Dieu ! quel malheur que d'être sage !
        Que d'être sage !

Gai voyageur, par un soleil d'été,
J'atteignis donc une verte colline
Qui dominait tout l'Eden enchanté
Qu'avait rêvé ma jeunesse mutine !

Pauvre, j'avais pris mon essor,
Rêvant tous les biens en partage !
Rêves, durez, durez encor *(bis)*.
Dieu ! quel malheur que d'être sage !
        Que d'être sage !

Je sommeillais sous un feuillage ombreux,
Où le soleil ne pénétrait qu'à peine ;
De ce berceau je vis un peuple heureux,
Libre, chanter sur les monts, dans la plaine !
        Brillant soleil de Thermidor !
        Est-il vrai, quoi ! plus d'esclavage !
        Rêves, durez, durez encor *(bis)*.
        Dieu ! quel malheur que d'être sage !
            Que d'être sage !

« Ne rêves plus, ô gentil voyageur ;
« Réel enfin, voici le Phalanstère :
« Ici, la femme enfante sans douleur ;
« Dieu sème ici tous les biens de la terre.
        « Ici, point de pédant Mentor,
        « Du cœur nous parlons le langage ! »
        Rêves, durez, durez encor *(bis)*.
        Dieu ! quel malheur que d'être sage !
            Que d'être sage !

Or, cette voix, d'un timbre harmonieux,
Était la voix de brune fille d'Eve.
Ivre d'amour, dans l'azur de ses yeux,
J'ai vu le ciel ; oh! mon Dieu, le beau rêve !
 Ainsi qu'Angélique et Médor,
 Nous fîmes maint enfantillage !
 Rêves, durez, durez encor (*bis*).
 Dieu! quel malheur que d'être sage !
  Que d'être sage !

Oh! qu'on est bien sur ces bords inconnus !
Adieu, méchants, prudes, vieillards moroses :
Voici venir des femmes aux seins nus
Dont les boutons sont plus frais que les roses.
 Sur ma vertu, chaste trésor,
 Femmes, vous avez l'avantage !
 Rêves, durez, durez encor (*bis*).
 Dieu! quel malheur que d'être sage !
  Que d'être sage !

Mais le coq chante, et la réalité
Vient dissiper les rêves de mon âme ;
Je me réveille : adieu communauté,
Adieu ma belle au long regard de flamme !

J'ai vu des Andes au Thabor
Que tout Eden n'est qu'un mirage !
Rêves, durez, durez encor (*bis*).
Dieu ! quel malheur que d'être sage!
        Que d'être sage!

PLUS HEUREUX QU'UN ROI.

Air *Allez cueillir des bluets dans les blés.*

C. GILLE.

Je n'ai pas vu dix milles à la ronde,
Peut-être ailleurs, père, est-on plus heureux ?
J'étouffe ici, vois, le soleil inonde
Tout l'horizon de rayons lumineux !
— Va ! digne fils, je comprends ton ivresse ;
Car, à ton âge, ardent et plein de foi,
Je partis seul, riche de ma jeunesse :
J'étais content et plus heureux qu'un roi !

Ecoute, enfant : à rompre ma poitrine,
Mon cœur battait en quittant le hameau ;
Mais, vers le soir, de colline en colline,
Je bondissais comme un jeune chevreau.

La nuit survint, avec elle un orage ;
J'entends gronder la foudre sans effroi :
J'avais conquis un palais de feuillage,
J'étais content et plus heureux qu'un roi!

Sensible et bon, avec plus d'un confrère,
J'ai partagé le vin doux, le gâteau,
Que me donnait la gentille fermière,
Et l'argent blanc des dames du château.
Enfant pieux, oh! que j'aimais ces femmes
Qui de leurs biens faisaient si noble emploi!
Quand je priais pour tant de bonnes âmes,
J'étais content et plus heureux qu'un roi!

Gai ramoneur, oui, quand j'avais ton âge,
Je voyageais la raclette au côté ;
J'allais joyeux de village en village,
Riant l'hiver et chantant tout l'été !
Doux souvenir! Une fille charmante
Me fit rêver à Claudine…. mais quoi!
J'avais quinze ans, la prunelle brillante ;
J'étais content et plus heureux qu'un roi!

C'était au temps où la France guerrière,
D'un lieutenant faisait un potentat ;
La République effaçait la frontière :
France et Savoie étaient un même État.
Soldat d'un jour, fier de cette alliance,
Fier de l'habit dont m'honorait la loi ,
Je m'enivrai : vive le vin de France !
J'étais content et plus heureux qu'un roi !

Quand , à trente ans, après maintes campagnes
Non loin d'ici, du sommet d'un coteau ,
Par un beau jour, je revis tes montagnes,
O mon pays, que tu me parus beau !
— Père, je pars. —Va donc, enfant, courage !
Dieu seul, mon fils, pourrait dire pourquoi ,
Pauvre, souffrant, en rentrant au village ,
J'étais content et plus heureux qu'un roi !

SATAN PANTHÉISTE.

————

Air *Ah! que de Chagrins dans la vie* (LANTARA).
De la Nature (BÉRANGER).

Une secte philosophique
Nous dit : Au temps où rien n'était,
Dieu créa tout ; mais point n'explique ;
Mais ne dit pas, lui, qui l'a fait.
Il fut toujours, reprend-elle... Problème !
Si rien n'était, comment donc se fit-il ?
— Tais-toi, Satan, je bois, je chante, j'aime !
Je vis, je crois, ainsi soit-il.

Croire aisément ce qu'il espère,
Chez l'homme est par trop naturel.
Craignant la mort, il dit : Mon père,
Pitié ! j'ai bien gagné le ciel.

Vois, vermisseau dont l'orgueil est extrême,
Dans le néant la patrie et l'exil !
— Tais-toi, Satan, je bois, je chante, j'aime !
Je vis, je crois, ainsi soit-il.

Ce ciel est, dit-on, à nos âmes,
Donné par l'absolution.
Vite à confesse, ou dans les flammes !
Quelle absurde dérision !
Ah ! la raison vous jette l'anathème !
Dieu, s'il était, froncerait le sourcil !
— Tais-toi, Satan, je bois, je chante, j'aime !
Je vis, je crois, ainsi soit-il.

Un Judéen dit à sa race :
Dans l'astre aux rayons flamboyants,
De l'Éternel j'ai vu la face.
Vraiment ! répondent les croyants !
A vos élus, donnez, père suprême,
Pour vous comprendre, un esprit plus subtil !
— Tais-toi, Satan, je bois, je chante, j'aime !
Je vis, je crois, ainsi soit-il.

Non, grands enfants, crédules hommes,
Non, Dieu n'a jamais existé !
Dieu, comme vous, formé d'atomes,
C'est l'univers, l'immensité !
Oui, le grand tout qui se meut sur lui-même,
C'est l'esprit pur, la matière et l'outil !
— Tais-toi, Satan, je bois, je chante, j'aime !
Je vis, je crois, ainsi soit-il.

NOS VIEUX TRAVAILLEURS.

A Vinçard aîné,

Auteur de l'*Histoire du Travail et des Travailleurs en Franc*

———

Air *Vive Paris !*

Quand Jésus-Christ des cultes de la terre,
Réformateur changeait les éléments,
Le sol gaulois, de Rome tributaire,
Était déjà couvert de monuments.
Des tumulus, des temples druidiques,
Qui nous dira les noms des constructeurs ?
L'écho fut sourd dans leurs forêts épiques !
Honneur et gloire à nos vieux travailleurs !

De l'Eternel les décrets sont occultes.
Pour propager ses immuables lois,
Appela-t-il de grands jurisconsultes ?
Non , des pêcheurs répondent à sa voix.
Bientôt, par eux, s'étend la voix nouvelle :
Luc , Marc et Paul , bravant les empereurs ,
Édifiaient l'œuvre intellectuelle.
Honneur et gloire à nos vieux travailleurs !

Frappée au cœur par les Goths , les Vandales ,
Rome tombait mourante sous leurs chars ;
Du Tigre au Rhin , vingt nations rivales
Se disputaient l'empire des Césars.
Sous tant de maux, le colosse s'incline :
La faim le tue !... Oh ! non , par ses labeurs ,
Le peuple esclave a vaincu la famine.
Honneur et gloire à nos vieux travailleurs !

Sous les rois francs , au temps où Charlemagne
De l'Occident eut fixé les destins ,
Les champs déserts de France et d'Allemagne
Sont cultivés par les Bénédictins.

Honneur à vous, ô pieux solitaires,
Du moyen âge écrivains, laboureurs,
Et de ces temps l'appui des prolétaires !
Honneur et gloire à nos vieux travailleurs !

De par le Christ, Pierre l'ermite appelle
Rois et barons dans les champs de Juda,
Pour conquérir sur l'Arabe infidèle
Le saint tombeau que Bouillon posséda.
Plus libre alors, le serf fit-il fortune ?
Non, achetant des droits à ses seigneurs,
Il lutte et pense, affranchit la commune,
Honneur et gloire à nos vieux travailleurs !

Comme Bagdad, sous les derniers Califes,
Le vieux Paris eut de grands ateliers,
Quand Petit-Pont et les frères pontifes
De Bézeneck étaient les héritiers.
Au siècle quinze où Guttemberg commence,
Pour le travail en cycle de splendeurs,
Mille artisans créaient la renaissance.
Honneur et gloire à nos vieux travailleurs !

Mais le travail, enfin, a ses annales !
Benvenuto, Bernard de Palissy,
Vous constructeurs de hautes cathédrales,
Vous travailleurs inconnus, oh ! merci !
Merci ! par vous, vous seuls, source première
Oui, le travail, dans nos champs de douleurs,
Grandit, devient un fleuve de lumière.
Honneur et gloire à nos vieux travailleurs !

CONSEILS A CÉLINA,

OUVRIÈRE FLEURISTE.

————

Air *Faut l'oublier disait Colette.*
Des Feux follets (BÉRANGER).

Pâle comme la rose blanche,
De l'atelier gentille fleur,
Oui, je préfère ta pâleur,
Au doux éclat de la pervenche.
Mais vraiment non, ma Célina,
Non, ta pâleur n'est point mortelle ;
Point n'est besoin de quinquina.
Fille du peuple ou damoiselle,
Je le dis sans amphigouri :
Pour te guérir, ma toute belle,
Prends un mari, prends un mari !

Que de souffrances, pauvre fille,
Que de chagrins mal à propos ;
Crois-moi, le remède à tes maux,
C'est le bonheur de la famille.
Prends, jeune fille, un jeune époux ;
Aime, travaille, sois heureuse,
Et si l'amour te semble doux,
Ta guérison n'est pas douteuse.
Vierge, allons ! pousse un léger cri !
Ah ! reviens-nous fraîche et rieuse !
Prends un mari, prends un mari !

« Prends un mari ! mais où le prendre ?
« Je vous le dis confidemment,
« J'ai bien souvent rêvé d'amant,
« D'aimer je n'ai pu me défendre !
« Ah ! l'amour, comme la vertu,
« Fait le malheur d'une fillette !
— Désespérer ! y penses-tu ?
Prends le bonheur où Dieu le jette.
Un nid à deux, quel doux abri !
Fais un boudoir de ta chambrette !
Prends un mari, prends un mari !

Si ta vertu n'est qu'un cilice,
Sous son poids, dis, pourquoi plier?
Enfant, l'amour doit tout lier :
Chaque pistil a son calice!
Célina, la société
De tes douleurs te guérit-elle?
Non, non, l'amour c'est la santé.
Aux préjugés cherche querelle;
Écoute Alfred, écoute Henri :
L'amour, c'est la loi naturelle.
Prends un mari, prends un mari!

Presque fanée à ton aurore,
Pauvre fleur à peine en bouton,
Ris-toi du culte de Caton;
Qu'un doux baiser te fasse éclore!
Ma jeune amie, attention!
Oh! ne va pas du mariage
Attendre une position.
Aime d'abord, c'est de ton âge.
Ouvre la cage au colibri.
L'amour n'est qu'un doux badinage.
Prends un mari, prends un mari!

ROME MODERNE.

Air *Du Chant du Départ* (M.-J. CHÉNIER).

Italie! ô patrie, ô ma belle Ausonie,
   J'entends retentir tes échos.
Des Alpes à l'Etna, quel concert d'harmonie!
   Pour qui ces salves de bravos?
   Romains, fêtez-vous la madone?
   Exaltez-vous un grand chanteur?
   Non, nous votons une couronne
   Au pontife libérateur!

   Rome, ta destinée est belle!
   Rome, reprends ta dignité;
   Fille du Temps, ville éternelle,
   Rome, chante la Liberté!

Écoutez !.... du pontife écoutez la parole :
    « Je suis la Foi, la Vérité.
Osez, Italiens, crier au Capitole :
    Patrie ! Italie ! Unité ! »
    Il dit, aussitôt l'auditoire
    Brise ses flûtes d'histrions ;
    Rome revendique sa gloire !
    Rome le port des nations !

    Rome, ta destinée est belle !
    Rome, reprends ta dignité ;
    Fille du Temps, ville éternelle,
    Rome, chante la Liberté !

Oui, ta gloire passée, oui, Dieu va te la rendre.
    Malheur à tout César germain !
Ainsi que le Phénix, tu renais de ta cendre,
    Palladium du genre humain !
    L'homme égaré, saisi de crainte,
    Au droit chemin veut revenir.
    Rome, conduis, ô cité sainte,
    L'humanité dans l'avenir !

    Rome, ta destinée est belle !
    Rome, reprends ta dignité ;

Fille du Temps , ville éternelle ,
Rome, chante la Liberté !

Un sublime ouvrier releva tes ruines ;
Comme le Christ, seul il lutta !
A cet autre Sauveur, la ville aux sept collines
Réserve-t-elle un Golgotha ?
Il marche et jamais ne se lasse.
O Rome , tu dis chaque jour :
Voilà la Liberté qui passe,
L'ange d'égalité , d'amour !

Rome , ta destinée est belle !
Rome, reprends ta dignité ;
Fille du Temps , ville éternelle ,
Rome, chante la Liberté !

Comme un phare éclairant des naufragés sur l'onde,
Vingt peuples en perdition
Pourront, à tes lueurs , dans une nuit profonde,
Sortir de leur corruption !
Luther a maudit ta licence ,
En son siècle réformateur.
Qui t'a donné l'intelligence ?
De Dieu le souffle inspirateur !

Rome, ta destinée est belle !
Rome, reprends ta dignité ;
Fille du Temps, ville éternelle,
Rome, chante la Liberté !

Mânes des vieux Romains, errez-vous sur le Tibre ?
Rome renaît en son printemps !
Décemvirs et tribuns, Rome enfin, Rome est libre !
Par Dieu la pensée et le temps !
Mânes, le grand-prêtre officie ;
Du Forum les cent mille voix
Chantent en chœur : Gloire au Messie !
—Gracchus renaît avec ses lois !

Rome, ta destinée est belle !
Rome, reprends ta dignité ;
Fille du Temps, ville éternelle,
Rome, chante la Liberté !

. . . .

Oui, Romains, tous en chœur, ainsi chantaient nos âmes,
Du feu sacré foyers ardents.
Le pontife a menti !! — L'enfer a-t-il des flammes
Où les bourreaux grincent des dents ?

Comme vous les peuples frémissent ;
La Vérité frappe ses coups.
Vous avez des fils qui grandissent !
Vos fils chanteront comme vous :

Rome, ta destinée est belle !
Rome, reprends ta dignité ;
Fille du Temps, ville éternelle,
Rome, chante la Liberté !

BILLET DOUX

(trouvé dans la rue).

Air *De la Nostalgie* (BÉRANGER).

Vous souvient-il que vous fûtes ma femme,
Que j'eus la fleur de tous vos sentiments ?
Vous souvient-il de notre amour, madame,
Vous souvient-il de vos premiers serments ?
Non, le démon t'a séduit, mon bel ange,
Il était beau ; tu n'as point combattu....
Jette cet or, ramassé dans la fange ;
      Cet or, le prix de ta vertu !

Qu'espérais-tu, dis-moi, de Lovelace ?
L'amour constant ? Un bonheur éternel ?
Des sens impurs, l'orgueil, un cœur de glace,
T'ont détrompé, pauvre ange, adieu le ciel ;

Ciel d'ici-bas que l'amour seul nous donne,
L'amour que Dieu lui seul peut animer !
Je t'aime encor ; reviens, je te pardonne,
     Je n'ai pas cessé de t'aimer !

De tous ces biens que le hasard dispense,
Oui, nous étions tous deux déshérités ;
Mais notre amour, mais notre amour immense
Noyait nos cœurs dans ses félicités !
Dis, Madeleine, oh ! n'est ce pas, sois franche,
Quand ce baron dorait ton œil d'azur,
Tu regrettais nos courses du dimanche,
     Notre bonheur longtemps si pur ?

Salir l'amour, c'est ce salir soi-même !
Relève-toi, le crime est consommé !
Jésus dira : L'amour est un baptême,
Je lui pardonne ; elle a beaucoup aimé !
Oui, repens-toi, viens, sous ma sauvegarde,
Désarmer Dieu par l'expiation ;
Viens de bonheur inonder ma mansarde,
     Ange de consolation !

J'eus, comme toi, des rêves de jeunesse,
Rêves ravis par les déceptions.
Oh! reviens-moi sœur, épouse ou maîtresse,
Viens me bercer de tes illusions!
Fille du peuple, en désertant ta cause,
Que trouves-tu ? mépris et déshonneur!
Viens, le travail ennoblit toute chose;
     Viens, l'amour pur c'est le bonheur!

JEAN-LE-MARSOUIN.

Air *Des Chevilles de maître Adam* (BESSÈDE).
Du Retour dans la patrie (BÉRANGER).

D'un village du Finistère
Un bon pêcheur de moi prit soin ;
Ne me connaissant pas de père,
Il me nomma Jean-le-Marsouin.
  — Garçon en route,
   File l'écoute,
Me dit un jour ce bon papa Kersoô.
   Me voilà mousse !
   Au large pousse,
Sur l'Océan bondis, ô mon vaisseau !
J'avais dix ans, du caractère,
De ne point pleurer j'eus l'orgueil !
File ton nœud, je m'en bats l'œil,
   Eh ! vogue la galère (*ter*).

Bruni par les feux du tropique,
A bord du trois-mâts *le Vautour*,
J'ai vu l'Asie et l'Amérique,
Du monde entier j'ai fait le tour.
        Quand je fus homme,
        De tout rogomme,
Je m'enivrai dans vingt climats divers !
        De la Finlande
        Et de l'Irlande
Plus tard j'ai vu les longs et froids hivers !
Mille sabords ! quoi, la misère
Est plus grande ici que chez nous !
Vers la France, au soleil plus doux,
        Eh ! vogue la galère ! (*ter*).

Quartier-maître du *Démosthènes*,
Un brick fringant, un vrai bijou !
J'étais à Beyrouth, Smyrne, Athènes,
Amoureux comme un sapajou.
        O Circassiennes,
        O Géorgiennes,
Jean-le-Marsouin eût fait un beau bacha.
        Pour une œillade
        Du camarade,

C'est bien certain, vous l'eussiez fait pacha !
     Enfin ! à Syra j'ai su plaire,
     Avec Mirza j'étais au mieux !
     J'allumai ma pipe à ses yeux,
          Eh ! vogue la galère ! (*ter*).

     J'étais, en l'an quatre-vingt-treize
     Second maître à bord du *Vengeur*.
     Ce vaisseau, d'une escadre anglaise,
     Soutint l'attaque avec vigueur.
          Français, vous rendre !
          Plutôt nous pendre !
Feu, canonniers, feu tribord et babord.
          Effort futile,
          Rage inutile,
Cinq cents boulets viennent cribler mon bord !
     Quoi ! vingt contre un ! peuple insulaire !
     Le *Vengeur* coule en liberté.
     Va le cap sur l'éternité !!
          Eh ! vogue la galère ! (*ter*).

     Du *Vengeur*, ainsi que la gloire,
     Le Marsouin devait surnager.
     Qui de ce fait conta l'histoire ?
     Moi ! J'avais soif de le venger.

> J'ai fait la course,
> Non pour ma bourse,
> Mais pour l'honneur du pavillon français !
> C'est avec rage,
> Qu'à l'abordage,
> Poignard aux dents, je hâchais les Anglais.
> J'étais joyeux dans ma colère ;
> Mon brick aussi dansait sur l'eau !
> La voile au vent pour Saint-Malo !
> Eh ! vogue la galère ! (*ter*).

> Promenant dans les mers de l'Inde
> Mon pavillon victorieux,
> Dans le sang anglais, à Mélinde,
> Je me suis baigné furieux !
> Tempêtes, brises,
> Combats et prises,
> Du loup de mer tels étaient les amours !
> Mais j'atteins l'âge
> Du grand voyage,
> Jean-le-Marsouin s'embarque pour toujours.
> Adieu donc, ô France, ô ma mère !
> Adieu, patrie… Ah ! vent debout !
> Mon câble file….. il est au bout !
> Eh ! vogue la galère ! (*ter*).

LES ENFANTS DE NOË.

Air *Tant qu'il reste une goutte encore,*
Mes amis, desséchons-là.

Salut, ô radieux printemps,
Ranime ma verve débile.
— Rhéteur, laisse-là ton beau style,
La scolastique a fait son temps.
— Que vais-je donc vous raconter?
Bon! douce ivresse me conseille.
Du raisin qu'il fit fermenter,
Cuvant le vin, Noé s'éveille,
  Noé s'éveille.
Vidons encore une bouteille,
C'est le vin qui nous fait chanter.

Noé s'éveille et se rendort,
Il se rendort à pile ou face.

— Tiens ! sans chemise il est cocasse !
Papa tout nu ! c'est par trop fort !
Disant cela, Cham fut conter
Cette histoire, alors sans pareille,
A ses frères qui, pour goûter,
S'étaient assis sous une treille,
       Sous une treille.
Vidons encore une bouteille,
C'est le vin qui nous fait chanter.

Or, pour goûter, Sem et Japhet
Ne buvaient pas que de l'eau claire.
Cham observe, en contant l'affaire,
Qu'à l'outre un grand vide était fait.
Les fardeaux devaient bien coûter
A ces gaillards ronds de la veille.
Du vin ils pouvaient en porter :
Tous deux buvaient c'était merveille !
       C'était merveille !
Vidons encore une bouteille,
C'est le vin qui nous fait chanter.

Depuis le déluge il craint l'eau,
Dit Sem, allons couvrir l'ivrogne.

A reculons, pris de vergogne,
Ils couvrent Noé d'un manteau.
Pour tout voir et tout écouter,
Fanfan se tint dans sa corbeille ;
Puis, leste, il va tout rapporter
Au bon papa qui se réveille,
    Qui se réveille.
Vidons encore une bouteille,
C'est le vin qui nous fait chanter.

Noé réveillé dit à Cham :
— Sais-tu bien ce qu'on me rapporte ?
Coquin, je te mets à la porte ;
Va travailler, *fiche ton camp !*
Tes frères seuls vont hériter.
Tiens ! vois voler cette corneille !
Ah ! ta race, Cham, va lutter
Et ne boira que jus d'oseille,
    Que jus d'oseille.
Vidons encore une bouteille,
C'est le vin qui nous fait chanter.

Cinq mille ans, quels tristes repas
Cham fit ta race misérable !

Riches , qui roulez sous la table,
De nos buveurs ne riez pas!
Ivres , vous n'osez affronter
Les regards de la race abeille.
Avec vous tous, je veux joûter !
Le verre en main , face vermeille,
       Face vermeille
Vidons encore une bouteille,
C'est le vin qui nous fait chanter.

LA MORT DE CAPET.

Air *Petits enfants* (H. NADOT).

Le Chemin de la Postérité.

G. LEROY

Quel doux sommeil, c'est le sommeil du juste !
Capet, debout ! debout, noble martyr ;
Réveille-toi, lève ton front auguste ;
C'est aujourd'hui, Capet, qu'il faut mourir !
Ton peuple attend ta mort comme une fête,
Sur l'échafaud viens consacrer ses droits :
Tes aïeux seuls ont condamné ta tête !
Ta mort, Capet, c'est l'école des rois !

Oui, ton supplice est un terrible exemple
Du grand pouvoir d'un peuple révolté !
— Malheur ! Toujours cette horloge du Temple !
Qui donc es-tu ? — Je suis la Liberté !

L'heure a sonné : fille de la Justice,
Comme Cromwell, je viens, de par les lois,
A la raison t'offrir en sacrifice !
Ta mort, Capet, c'est l'école des rois !

Mon règne arrive ! égoïsme de race,
Qui rends esclave un frère en son sommeil,
Je vais te fondre, ainsi qu'un bloc de glace
Fond, au printemps, sous les feux du soleil !
Patriotisme, et toi, vertu proscrite,
Refleurissez sur le vieux sol gaulois !
Triste jouet d'une caste maudite,
Ta mort, Capet, c'est l'école des rois !

Le tambour bat, assez prié, courage !
Quitte ces murs, ces murs d'où, sans broncher,
Les Templiers sortaient au moyen âge,
Le front serein, pour monter au bûcher !
— A flots pressés ce peuple m'environne !
Meute de chiens sur le cerf aux abois !!
—Non, tout Français va ceindre ta couronne !
Ta mort, Capet, c'est l'école des rois !

Vois de terreur ta noblesse frappée,
Princes et ducs, vicomtes, hobereaux,

Vois, pas un seul n'ose tirer l'épée
Pour t'arracher des mains de tes bourreaux.
Martyr des tiens, à ton heure suprême,
Les maudis-tu ? Non, du haut de ta croix,
Pardonne-leur ! Moi je crie : Anathème !
Ta mort, Capet, c'est l'école des rois !

La foule augmente et grossit ton cortége,
Roi forgeron, prince au cœur plébéïen ;
Comme Jésus, si Dieu ne te protége,
C'est que ta mort pour ton peuple est un bien !
Oui sur ce peuple, au siècle qui s'avance,
Nouveaux barons, vont régner cent bourgeois.
Meurs ! ton supplice effraîra cette engeance !
Ta mort, Capet, c'est l'école des rois !

Halte ! Salut ! Salut, Paix et Concorde !
A toi, Capet, ce triangle d'airain !
L'égalité va t'épargner la corde ;
Capet, rends grâce au peuple souverain !
Monte ! le droit à ta mort participe !
Tu veux parler !... Tambours, couvrez sa voix !
Meurs ! de par Dieu, le peuple est un principe !
Ta mort, Capet, c'est l'école des rois !

LES OISEAUX DE PASSAGE.

Air Mon père m'a donné un mari.
Des Bohémiens (BÉRANGER).

Savoyards, pourquoi nichez-vous
Dans nos villes,
Bandes serviles ?
Savoyards, pourquoi nichez-vous,
Moineaux errants, jusque chez nous ?
— Nous ne pouvons bâtir des nids
Sous la neige
Qui nous assiége ;
Nous ne pouvons bâtir des nids,
Les gros font la chasse aux petits !

Notre pays est curieux
        Par maint site
        Que l'on nous cite;
Notre pays est curieux,
Mais il n'est bon que pour les yeux.

Ah ! nous le mangerions tout!
        Femmes rondes
        Sont si fécondes;
Ah! nous le mangerions tout!
Nombreux pierrots qu'on voit partout !

A nos grands lacs aux flots d'azur,
        A l'eau fade
        De la cascade,
A nos grands lacs aux flots d'azur
Nous préférons tous un vin pur.

Ainsi nous courons en tous lieux,
        Sans fortune, —
        Pour en faire une; —
Ainsi nous courons en tous lieux,
A nous la terre ! à qui les cieux?

Et chacun dit : J'arriverai !
Place ! place !
J'ai de l'audace ;
Et chacun dit : J'arriverai !
Sors de ton nid, je m'y mettrai.

Nous embrassons tous les états,
La cuisine,
La médecine ;
Nous embrassons tous les états ;
Nos grands bavards sont avocats.

Nous disons au bon moissonneur,
Qui travaille,
Pour rien qui vaille ;
Nous disons au bon moissonneur :
Travailles-tu donc pour l'honneur ?

Quoi ! travailler, destin fatal !
— C'est honnête ;
— Non, c'est trop bête ;
Quoi ! travailler, destin fatal !
L'ouvrier meurt à l'hôpital !

Non, non, rampons, et rampons bien ;
　　　Chien docile,
　　　On se faufile ;
Non, non, rampons, et rampons bien ;
Mais ne rampons jamais pour rien !

Il faut hurler avec les loups.
　　　Soyez ange,
　　　Le loup vous mange ;
Il faut hurler avec les loups :
Hurlons, valets, banquiers, filous.

Pour de l'argent nous vendrions,
　　　C'est probable,
　　　Notre âme au diable !
Pour de l'argent nous vendrions
Jésus...., et nous le pendrions !

Telle est la caste qui, jadis,
　　　Était probe
　　　Dans tout le globe ;
Telle est la caste qui, jadis,
Ne péchait pas un jour sur dix.

Dieu merci, les temps sont changés,
La sottise
Se civilise;
Dieu merci, les temps sont changés,
Nous n'avons plus de préjugés.

Vers le progrès nous courons tous,
Cœurs sans fibres,
Nous sommes libres;
Vers le progrès nous courons tous...
— Que Dieu prenne pitié de vous!

O Savoyards, la liberté,
C'est l'ivresse,
Non la richesse;
O Savoyards, la liberté,
C'est la patrie et la gaîté.

Vivez en paix sur vos coteaux,
Hirondelles,
Battez des ailes;
Vivez en paix sur vos coteaux,
Joyeux, chantez pauvres oiseaux;

LE 24 FÉVRIER.

A mon ami P. Lachambeaudie.

Musique de G. Héquet,
Ou air de *la Varsovienne*.

Victoire ! enfants, la victoire est à nous !
Oh ! non jamais, non, plus de rois en France ;
Nous sommes forts, frères, point de courroux,
La lâcheté, frères, c'est la vengeance !
Notre triomphe est beau, n'allons pas le ternir.
Le lion généreux écrase-t-il l'insecte ?
  Non, fort, il le respecte.
Peuple, malheur aux rois ! peuple, à toi l'avenir !
  Salut ! ô sainte République !
  Salut ! sainte Fraternité !
  Gloire à tes fils, France héroïque !
   Vive la République !
   Vive la Liberté !

Marche en avant, ô peuple glorieux !
Le Créateur bénit tes destinées ;
Dans l'avenir avance radieux,
Ouvre aux humains des routes fortunées.
Du pacte fraternel attendu trop longtemps,
Peuple, pose la base immuable et profonde,
        Avant-garde du monde !
Éclaire l'univers de tes feux éclatants !
      Salut ! ô sainte République !
      Salut ! sainte Fraternité !
      Gloire à tes fils, France héroïque !
        Vive la République !
        Vive la Liberté !

La Liberté souriait au berceau,
Dans les beaux jours de la Grèce et de Rome.
Après Jésus, Fénelon et Rousseau
Ont fécondé le champ des droits de l'homme !
Six mille ans que sont-ils près de l'éternité ?
Le genre humain à peine est sorti de l'enfance,
        Sa jeunesse commence :
L'homme sera demain dans sa virilité !
      Salut ! ô sainte République !
      Salut ! sainte Fraternité !
      Gloire à tes fils, France héroïque !

Vive la République !
Vive la Liberté !

De tes aînés récolte la moisson :
Les fruits sont mûrs sur l'arbre de science.
Au monde entier, France, fais la leçon :
C'est un soleil que ton intelligence !
Des peuples opprimés et lassés de souffrir
L'esprit se vivifie aux rayons de ta flamme.
Sers au banquet de l'âme
Ces fruits de vérité qu'en toi Dieu fit mûrir !
Salut ! ô sainte République !
Salut ! sainte Fraternité !
Gloire à tes fils, France héroïque !
Vive la République !
Vive la Liberté !

Les rois s'en vont ! Ainsi que des faux dieux,
O potentats, on rit de vos oracles ;
Moins ignorants et plus religieux,
Les peuples seuls vont faire des miracles !
O rois, il est passé le temps des fictions !
Ecoutez retentir le cri de République !
Etincelle électrique !
Ce mot va rajeunir les vieilles nations !

Salut ! ô sainte République !
Salut ! sainte Fraternité !
Gloire à tes fils, France héroïque !
Vive la République !
Vive la Liberté !

Enfin ! voici le jour rénovateur !
L'homme de l'homme achève la conquête !
Peuple français, peuple libérateur,
Que l'Italie ait sa place à la fête !
Puissent bientôt les rois, peuples, vous dire adieu !
Puissiez-vous par le Christ vous aimer et vous joindre !
Bon espoir ! Voyez poindre
L'âge d'or à venir, République de Dieu !
Salut ! ô sainte République !
Salut ! sainte Fraternité !
Gloire à tes fils, France héroïque !
Vive la République !
Vive la Liberté !

BLUETTE.

Air Souvenirs du jeune Age (Pré aux Clercs)

La gitana perfide,
M'a dit : Sous le rocher,
Ton mineur intrépide,
Rita, va le chercher.
Juan, je me désole,
Hâte-toi d'accourir !
— Mon Dieu ! je deviens folle :
Que l'amour fait souffrir !

Non, non, de la carrière
Il revient aujourd'hui.
Demain je serai fière,
Oui, fière d'être à lui.

O Juan , mon idole ,
Que je vais te chérir !
— Mon Dieu ! je deviens folle !
Que l'amour fait souffrir !

Sous mes doigts vibre encore ,
Mandoline aux doux sons.
Au bal du sycomore
Il reviendra. Dansons !
Mais dans mes bras il vole ,
Mes pleurs vont se tarir !...
— Mon Dieu ! je deviens folle !
Que l'amour fait souffrir !

La cloche nous appelle.
Viens ! Que nous sommes beaux !
Dans la sainte chapelle
Echangeons nos anneaux !
Ton *oui*, douce parole,
Juan , je vais l'ouïr !
— Mon Dieu ! je deviens folle !
Que l'amour fait souffrir !

Sainte Vierge ! mon frère !
Pédro, qui t'a blessé ?

— L'explosion sous terre....
Pleure ton fiancé....
Ma sœur! le temps console,
Ton cœur pourra guérir!....
— Non, Rita vécut folle,
Que l'amour fait souffrir!

CHANT DES GOIPEURS.

Air *Des Fous* (BÉRANGER).

A nous *goipeurs*, nous rien qui vaille,
Nous que le sort déshérita ;
A nous, nous la sainte canaille,
Que l'égoïsme révolta !
A nous, les truands de notre âge,
Frères, à nous l'adversité !
A nous, la lutte et le courage !
Goipeurs, à nous la liberté !

Ecoutez !... d'église en église,
Sur tous les tons sonne minuit :
Veille au grain, la patrouille grise
Le long des murs file sans bruit.

Nous pinc'-t-elle, une noble fibre
Du cœur exalte la gaîté !
Chantons ! Toute âme pure est libre !
Goipeurs, à nous la liberté !

Dormez, vous que le bonheur berce !
Nous n'envions pas votre sort.
A l'abri qu'emporte l'averse !
Ne plus lutter c'est être mort.
Parvenus, riches de naissance,
La vie est dans l'activité !
A nous l'avenir de la France !
Goipeurs, à nous la liberté !

Du veau d'or au culte idolâtre,
Qui n'a plus son temple à Memphis,
Société, vieille marâtre,
Tu veux sacrifier tes fils !
Victimes, pour rompre nos chaînes
Que nous faut-il ? la volonté.
L'oiseau, comme nous, a ses peines.
Goipeurs, à nous la liberté !

Vraiment ! vous parlez comme un livre,
Nouveaux Malthus, T..... et D....;

Oui, nous voulons le droit de vivre,
L'honneur, du travail et du pain.
Plus que vous la faim est logique,
O riches sans humanité...
Mais Dieu sauve la République !
Goipeurs, à nous la liberté !

Malheur ! malheur aux égoïstes !
Oui ! notre étoile va briller.
Pour vous, nous, grands capitalistes,
Nous ne voulons plus travailler.
Malheur sur vous, sur votre race !
L'abus de la propriété,
C'est le serpent qui vous enlace !
Goipeurs, à nous la liberté !

A nous donc, à nous prolétaires,
L'amour, le labeur et l'espoir ;
De tous que tous soient solidaires,
Chaque droit impose un devoir !
Oh ! donne un grand exemple au monde,
Unis nos cœurs, Fraternité !
Le règne des justes se fonde !
Goipeurs, à nous la liberté !

Apôtres du patriotisme,
Sanctifions nos souvenirs;
Ainsi que le Christianisme,
La République a ses martyrs!
Le sang doit-il rougir encore
Tes saints autels, Egalité?....
Dieu veille! Enfants, voici l'aurore.
Goipeurs, à nous la liberté!

L'IMPOT DU VIN.

A M. Félix Lebreton,

Président du comité central des boissons.

Air *Ah ! Ah ! la gaité rena'tra* (BÉRANGER).

Les partis calment leur courroux,
On se pardonne,
Et la vendange est bonne !
Dieu qui nous verse un vin si doux,
Dieu veut que nous en buvions tous.
Pour tous, ce vin, oui, Dieu le donne ;
Mais des commis qui nous délivrera ?
Libre et joyeux, tout le monde boira ! } *bis.*
Ah ! ah ! tout le monde boira.

Buveurs, marchands et vignerons,
Des rats de caves
Nous sommes les esclaves ;
Des gabelous courbent nos fronts,
Mais pourquoi subir leurs affronts ?
Garde à vous !.... Un peuple de braves
Dans ses tonneaux, gabelous, vous noira !
Libre et joyeux, tout le monde boira !
Ah ! ah ! tout le monde boira.　　} bis.

A boire, le peuple prend goût !
Ces vins utiles
A nos santés débiles
Rafraîchiront le sang qui bout
Du producteur qui produit tout.
Ces vins, aux caves de nos villes,
Le vigneron, sans droits, les portera !
Libre et joyeux, tout le monde boira !
Ah ! ah ! tout le monde boira.　　} bis.

Du fisc, vois, me dit un suppôt,
Vois la souffrance
De notre belle France !
— C'est vrai ! nous résoudrons bientôt
Ce grand problème de l'impôt.

Des vins faites la différence,
Imposez ceux que le riche paîra.
Libre et joyeux, tout le monde boira !
Ah ! ah ! tout le monde boira.   } *bis.*

Fécondant le sol de ses bras,
     Comme son père,
    Traqué par la misère,
Le vigneron, à ses repas,
Du vin qu'il sue il ne boit pas !
Français, la France notre mère,
Entre ses fils, mieux se répartira.
Libre et joyeux, tout le monde boira !
Ah ! ah ! tout le monde boira.   } *bis.*

On impose notre gaîté !
    A boire ! à boire !
   Chassons toute humeure noire,
L'espoir dans nos cœurs a chanté !
Jetons un cri de liberté !
Républicains, chantons victoire !
L'idée a dit : Le vin s'affranchira.
Libre et joyeux, tout le monde boira !
Ah ! ah ! tout le monde boira.   } *bis.*

AUX CHANSONNIERS DU PEUPLE.

Air Par des Chansons ma mère m'a bercé.
Cessez vos chants, prêtres, c'est à ma voix.
De le bénir pour la dernière fois (BÉRANGER).

Bardes du peuple et du peuple l'honneur,
Vous n'êtes pas de ceux qu'on peut corrompre ;
Faibles roseaux, gais enfants du malheur,
Sous les autans vous pliez sans vous rompre !
Oui, tour à tour, joyeux, graves et doux,
Par vos chansons, frères, consolez-nous !

Chantez, amis, malgré maux et douleurs.
Le peuple souffre ! ah ! dites-nous ses peines.
Chantez, vos voix sécheront bien des pleurs ,
Et des méchants calmeront bien des haines !
Oui, tour à tour, joyeux, graves et doux,
Par vos chansons, frères, consolez-nous !

Si l'on vous dit que la Fraternité
N'est qu'un vain mot de notre âme en délire,
Vous répondez : — L'esprit de vérité
S'étend, se mêle à l'air que l'homme aspire !
Oui, tour à tour, joyeux, graves et doux,
Par vos chansons, frères, consolez-nous !

On dit encor : Dieu maudit notre temps !
L'hiver est froid, plus froide est l'espérance,
Non, chaque hiver est suivi d'un printemps !
Courage, enfants, Dieu protége la France !
Oui, tour à tour, joyeux, graves et doux,
Par vos chansons, frères consolez-nous !

Ivres d'espoir, oui, poëtes, chantez.
Chantez la Foi, l'Amour, la République ;
Pour nos proscrits, oui, poëtes, jetez,
Jetez au vent notre vœu sympathique !
Oui, tour à tour, joyeux, graves et doux,
Par vos chansons, frères, consolez-nous !

Frappez l'abus, frappez l'homme sans cœur ;
Frappez les forts qui se croiront sans crainte ;
Frappez le mal, le vice suborneur ;

Frappez, frappez, votre colère est sainte !
Oui, tour à tour, joyeux, graves et doux,
Par vos chansons, frères, consolez-nous !

Vos chants d'amour, qu'on aime à répéter,
Sont pour nos cœurs un baume salutaire ;
Dieu vous créa pour aimer et chanter ;
Pour consoler les damnés de la terre !
Oui, tour à tour, joyeux, graves et doux,
Par vos chansons, frères, consolez-nous !

Pour conquérir le feu sacré du ciel,
Seul, le génie a des ailes de flammes ;
N'imitez point : — dans un chant naturel,
Comme l'oiseau, laissez chanter vos âmes !
Oui, tour à tour, joyeux, graves et doux,
Par vos chansons, frères, consolez-nous !

Vous le savez, hier comme aujourd'hui,
Béranger fut ce que Dieu le fit naître ;
Bras, tête et cœur, tout était peuple en lui !
Oh ! n'imitez que l'amour du grand maître !
Oui, tour à tour, joyeux, graves et doux,
Par vos chansons, frères, consolez-nous !

SOLIDARITÉ.

————

Air *Chant des Travailleurs* (E. PETIT).
Du chant des Montagnards (Aug. LOYSEL.

Soldats des champs, de l'industrie,
Compagnons de tous les devoirs,
Comme autrefois la Jacquerie,
N'attaquons point les vieux manoirs.
Apôtres du travail, du travail affranchi,
Guerre au monopoleur, guerre au fourbe enrichi !
    En avant ! vieux monde, adieu !
      L'amour nous révèle
      La foi fraternelle.
    En avant ! vieux monde, adieu !
Frères, aimons-nous tous, enfants de Dieu !

Gloire à vous, ô nos bons vieux pères,
Du passé pionniers inconnus !
Esclaves, serfs et prolétaires,
Oui, par vous, les temps sont venus !
Jacques salarié, Jacques pense aujourd'hui
Qu'un jour ses exploiteurs *bûcheront* comme lui !

En avant ! vieux monde, adieu !
L'amour nous révèle
La foi fraternelle.
En avant ! vieux monde, adieu !
Frères, aimons-nous tous, enfants de Dieu !

Le ridicule nous outrage.
L'égoïsme entrave nos pas.
Mais patience ! enfants, courage !
Le bonheur nous attend là-bas.
Là-bas, c'est l'avenir, l'avenir radieux,
Temps heureux où nos fils béniront leurs aïeux !

En avant ! vieux monde, adieu !
L'amour nous révèle
La foi fraternelle.
En avant ! vieux monde, adieu !
Frères, aimons-nous tous, enfants de Dieu

Non , nous ne verrons plus nos femmes,
Nourrir de lâches oppresseurs ;
Soyez maudits, frelons infâmes,
Qui mangez le miel de nos sœurs !
Oui , dans un saint concert, d'amour, de liberté,
Les femmes, avec nous, chantent l'égalité !

En avant ! vieux monde , adieu !
L'amour nous révèle
La foi fraternelle.
En avant ! vieux monde , adieu !
Frères aimons-nous tous , enfants de Dieu !

Mexicains , disait un cacique,
Par notre or, l'Espagne mourra ;
Par le travail, en République,
Notre pays s'affranchira.
Le temps donna raison à ce bon mexicain ;
Qui ne travaille pas n'est pas républicain !

En avant ! vieux monde , adieu !
L'amour nous révèle
La foi fraternelle.
En avant ! vieux monde adieu !
Frères, aimons-nous tous , enfants de Dieu !

Sans labeur, d'un toit de charmille
L'homme encor serait abrité !
Le travail créa la famille ,
Le travail c'est l'humanité.
Un enfant qui travaille est de droit citoyen ;
Mais tout homme inutile, hommes, est moins que rien !

En avant ! vieux monde, adieu !
L'amour nous révèle
La foi fraternelle.
En avant ! vieux monde, adieu !
Frères, aimons-nous tous, enfants de Dieu !

Tous pour tous ! oui, sainte milice,
Tous unis nous serons plus forts.
Frères, à nous le sacrifice !
A nous d'indicibles efforts !
Oui, frères, travaillons pour le bonheur de tous !
L'idée est invincible et la terre est à nous !

En avant ! vieux monde, adieu !
L'amour nous révèle
La foi fraternelle.
En avant , vieux monde, adieu !
Frères, aimons-nous tous, enfants de Dieu !

VERCINGÉTORIX.

Air *Le Peuple a ses Représentants,*
chant du Peuple (P. HENRION).

Le son du cor, emporté par la brise,
A retenti dans l'épaisseur des bois.
A ses soldats, rassemblés dans Alise,
Ainsi parlait un général gaulois :
Le sort, amis, vient de trahir nos armes ;
Le sort encor espérez le fixer.
Par Teutatès ! c'est du sang, non des larmes,
Fiers Eduens, que vous devez verser.
Tête baissée, en avant qu'on s'élance,
Comme sur l'ours fond l'aurochs indompté.
De vous la Gaule attend sa délivrance ;
Mort à César ! vive la liberté !

César vainqueur, Arvernes, ô mes braves,
De sa victoire exige enfin pour prix
Que vos deux chefs se rendent ses esclaves,
Lui Critognat, moi Vercingétorix.
Traité conclu ! Vaincu par félonie,
Soldat gaulois, fais trembler ton vainqueur !
Des conquérants la ruse est le génie ;
Va, marche droit, frappe au front, frappe au cœur !
Tête baissée, en avant ! qu'on s'élance,
Comme sur l'ours fond l'aurochs indompté.
De vous la Gaule attend sa délivrance ;
Mort à César ! vive la liberté !

Oui, félonie ! Impassible en sa rage,
Dans la mêlée, aigle altéré de sang,
J'ai vu César, j'excitai son courage.
En avait-il ? Jamais au premier rang.
Oh ! de César, Dieux, faites-moi l'aumône !
Repris-je alors, poussant mon étalon.
César, à moi ! Tu veux monter au trône :
Viens, dût mon corps te servir d'échelon !
Tête baissée, en avant ! qu'on s'élance,
Comme sur l'ours fond l'aurochs indompté.
De vous la Gaule attend sa délivrance ;
Mort à César ! vive la liberté !

L'ignorez-vous ? vos forêts séculaires,
Vos champs dorés, laboureurs et guerriers,
César les donne aux Romains mercenaires
Qui font pour lui sa moisson de lauriers.
J'en jure Teuth ! César, c'est l'esclavage ;
Avec la terre il vous donne aussi, vous !
Quoi ! des Gaulois ! quoi ! des vautours en cage !
Plutôt la mort ! c'est un destin plus doux.
Tête baissée, en avant ! qu'on s'élance,
Comme sur l'ours fond l'aurochs indompté.
De vous la Gaule attend sa délivrance ;
Mort à César ! vive la liberté !

Quittez ces lieux ; sans honte, sans faiblesse,
Unissez-vous au chef armoricain.
Fils de Brennus, sous les murs de Lutèce,
Suivez César, frappez, tuez Tarquin.
Ferez-vous moins que vos femmes, vos filles,
Mortes pour vous par le fer et le feu ?
Nous vous léguons le soin de nos familles.
Viens, Critognat. O compagnons, adieu !
Tête baissée, en avant ! qu'on s'élance,
Comme sur l'ours fond l'aurochs indompté.
De vous la Gaule attend sa délivrance ;
Mort à César ! vive la liberté !

Il dit : un cri de vengeance et de haine
De son armée a vaincu la stupeur.
Lui tournant bride, il va prendre sa chaîne,
Bayard aîné, sans reproche et sans peur.
Du camp romain à peine dans l'enceinte,
César lui-même aussitôt le lia.
Tyran, dit-il, écoute cette plainte.
Nouveau Stentor, alors il s'écria :
Tête baissée, en avant ! qu'on s'élance,
Comme sur l'ours fond l'aurochs indompté.
De vous la Gaule attend sa délivrance ;
Mort à César ! vive la liberté !

Les légions marchaient comme un seul homme :
La discipline a vaincu la valeur.
Chargés de fers, nos chefs meurent à Rome,
La liberté jette un cri de douleur ;
Mais par Brutus enfin César expire,
Christ apparaît, aux forts il met un frein ;
Le Christ du monde a seul droit à l'empire.
N'oublions pas, Gaulois, ce vieux refrain :
Tête baissée, en avant ! qu'on s'élance,
Comme sur l'ours fond l'aurochs indompté.
De vous la Gaule attend sa délivrance ;
Mort à César ! vive la liberté !

JEANNE D'ARC.

Air *De Mont-St-Jean* (E. DEBREAUX).

La foule accourt! quelle tempête
Soulève ses flots en courroux?
Est-ce au combat, est-ce à la fête?
Froids Anglais, où donc courez-vous?
Anglais! vous courez sur la place,
Forfaire à Dieu, forfaire aux lois;
Brûler la vierge dont l'audace
Vous fit reculer tant de fois!
C'est vous, maudits, vous, que l'enfer réclame!
Courez sur un bûcher voir brûler une femme!
Le peuple est las de se courber :
Tremblez, tyrans! la foudre va tomber!

Oh! tombez ainsi que la foudre;
Tombez sur tous ces mécréants;
Prompts comme l'éclair et la poudre
Accourez ici, nobles Francs!
Quel supplice à Jeanne on inflige!
Sauvez-la, *Montjoie*, en avant!...
Hélas! noblesse plus n'oblige...
Vains titres qu'emporte le vent!
C'est vous, maudits, vous, que l'enfer réclame!
Courez sur un bûcher voir brûler une femme!
Le peuple est las de se courber:
Tremblez, tyrans! la foudre va tombez!

Ils sont tous pour toi sans entrailles,
Ces courtisans, pliant si bas!
Lahire, Dunois et Xaintrailles,
Lance en arrêt ne viendront pas.
Eh! quoi! contre eux pas une plainte!
Jeanne, ô Jeanne, on te vengera!
S'il peut encor faire une sainte,
Le peuple te sanctifira!
C'est vous, maudits, vous, que l'enfer réclame!
Courez sur un bûcher voir brûler une femme!
Le peuple est las de se courber:
Tremblez, tyrans! la foudre va tomber!

Sur ses malheurs, gente bergère,
La France a vu couler tes pleurs;
Adieu! dis-tu, sœurs, père et mère;
Adieu! doux champs de Vaucouleurs!
Tu partis suivant ta bannière;
Tout Français a crié : Noël!!
L'Anglais a mordu la poussière!...
Malheur sur le trône et l'autel!
C'est vous, maudits, vous, que l'enfer réclame!
Courez sur un bûcher voir brûler une femme!
Le peuple est las de se courber:
Tremblez, tyrans! la foudre va tomber!

Charles VII perdit sa vaillance;
Jeanne en son cœur la retrouva.
Quatre partis tuaient la France:
Jeanne accourut et la sauva;
Pour récompenser la sorcière,
Ces rois, qu'on adore à genoux,
Jettent sa cendre à la rivière;
Dieu bon, des rois délivrez-nous!
C'est vous, maudits, vous, que l'enfer réclame!
Courez sur un bûcher voir brûler une femme!
Le peuple est las de se courber:
Tremblez, tyrans! la foudre va tomber!

Voyez, voyez la blonde fille,
Sans peur, s'élancer dans le feu!
Dans son regard quelle foi brille?
Lit-elle les décrets de Dieu?
Mais qu'a donc fait la pauvre Jeanne?
Elle a vaincu les ennemis!
Enfant du peuple, on la condamne
Pour avoir sauvé son pays!
C'est vous, maudits, vous, que l'enfer réclame!
Courez sur un bûcher voir brûler une femme!
Le peuple est las de se courber :
Tremblez, tyrans! la foudre va tomber!

A genoux, voilons-nous la face!
La vierge expire sur sa croix!
Honte à jamais sur votre race,
Juges, prélats, nobles et rois!
— Jacques parlait; — un baron passe,
Disant : Qu'on arrête ce fou.
Et trop fier pour demander grâce,
Le serf chanta sous le verrou :
C'est vous, maudits, vous, que l'enfer réclame!
Courez sur un bûcher voir brûler une femme!
Le peuple est las de se courber:
Tremblez, tyrans! la foudre va tomber!

BOUTADE.

————

Air *Voilà la Marchande de Fleurs..*
    En chantant joyeux Troubadour.

Dans les républiques d'Argos,
D'Athènes, ainsi que de Rome,
Ceux qui chantaient les droits de l'homme,
Comme nous, passaient pour des sots.
Tous les partis ont leur Jean-Pierre ;
Tous les partis ont leurs Tarquins...
—Vive Henri V !— Républicains
    Honneur à Robespierre !
Joyeux Français, nous sommes fous,
    La république devient folle ;
De tout chagrin le vin console ;
Rouges et blancs, enivrons-nous.

Le lion , viveur d'aujourd'hui ,
En vrai disciple d'Epicure,
S'imagine que la nature,
Bonne mère , a tout fait pour lui ;
Et, cimentant ce beau système,
Il met le travail en honneur.
Boire et dormir, c'est mon bonheur ;
    Va travailler toi-même !

Joyeux Français , nous sommes fous,
La république devient folle ;
De tout chagrin le vin console ;
Rouges et blancs , enivrons-nous !

Si l'artisan est malheureux ,
Foi d'*aristo* , c'est de sa faute ,
Quand , vainqueur, il eut la voix haute,
L'imbécile fut généreux ;
Le chômage a vidé ses poches ;
L'hiver arrive , il est sans pain ;
Oh ! le jobard , se dit D...,
    Je mange des brioches.

Joyeux Français , nous sommes fous,
La république devient folle ;
De tout chagrin le vin console ;
Rouges et blancs , enivrons-nous '

Le riche craint que, furieux,
Le pauvre se mette à sa place.
Si le pauvre avait cette audace,
Le monde en irait-il bien mieux ?
Nous aimons tous femmes jolies,
Bons vins, bonne chère et repos ;
Rouges et blancs, tous sont dispos
    Pour faire des folies.

Joyeux Français, nous sommes fous,
La république devient folle ;
De tout chagrin le vin console ;
Rouges et blancs, enivrons-nous !

Nous disions : Rois, point de quartier !
Par nous tout peuple sera libre !
Et nous courons aux bords du Tibre
Faire rire le monde entier.
O république universelle !
Que deviendront les prétendants ?
Ils chanteront, les impudents :
    La vie est encor belle !

Joyeux Français, nous sommes fous,
La république devient folle ;
De tout chagrin le vin console ;
Rouges et blancs, enivrons-nous !

Royalistes, chantez le roi ;
Fumez, grands culotteurs de pipes,
Allez au diable, beaux principes !...
Ah ! chacun ne pense qu'à soi.
O république dérisoire !
Va donc ton train ; mais va toujours !
Consolez-nous, gentils amours ;
 Amis, versez à boire !

Joyeux Français, nous sommes fous,
La république devient folle ;
De tout chagrin le vin console ;
Rouges et blancs, enivrons-nous !

LE NEUF THERMIDOR.

**Maximilien Robespierre, Saint-Just, Couthon,
Robespierre jeune, Lebas, Coffinhal.**

Air *De l'Arabe et son Coursier* (MILLEVOYE).
De la Fête des Martyrs.

Ils résistaient, comme une digue immense
Résiste aux flots d'un torrent destructeur ;
Fatalité ! les sauveurs de la France,
Tombent frappés par le fer réacteur.
C'était écrit : de la pente fatale,
Chefs montagnards, descendons les gradins....
Par notre mort triomphez, Girondins....
Non, écoutez, on bat la générale !
Oh ! que de sang, nos frères à venir !
Que de bienfaits vous aurez à bénir !

Bravo ! par toi, peuple, nous sommes libres !
O Liberté ! tu n'es pas un vain mot ;
De tout cœur pur tu fais vibrer les fibres...
Peuple, du sol chacun aura son lot.
La République est toute ta fortune,
L'impôt du sang sur toi pèse toujours !
C'est toujours toi ! bon peuple des faubourgs.
Le *Ça ira !* marchons à la commune !
Oh ! que de sang, nos frères à venir !
Que de bienfaits vous aurez à bénir !

Peuple, qui donc a sauvé la patrie ?
Le général qui fut resté sergent.
Dans nos beaux jours d'héroïque furie,
Tout patriote avait peur de l'argent.
Peuple, il fallait des âmes animées.
Qui donc t'apprit tes devoirs et tes droits ?
Sur les chouans et contre tous les rois,
Le comité lança quatorze armées !
Oh ! que de sang, nos frères à venir !
Que de bienfaits vous aurez à bénir !

De la discorde étouffant les couleuvres,
L'ordre longtemps régna par la terreur ;

Mais l'avenir, qui jugera nos œuvres,
Dira : L'amour seul les mit en fureur !
Oui, l'amour seul doit régner sur le monde :
L'amour de tous c'est la Fraternité !
Le genre humain a crié : Liberté !
On nous trahit !... Debout, le canon gronde !
Oh ! que de sang, nos frères à venir !
Que de bienfaits vous aurez à bénir !

Dérision ! qui parle de nous rendre ?...
Mille contre un ! voilà les coups du sort !
O Girondins, Dieu saura nous défendre !
Disputez donc nos têtes à la mort !
Mourons ! Cimber s'est vengé de Pharsale !
L'idée en germe au mois de Thermidor,
Comme le grain, produit un épi d'or.
La Liberté renaîtra sans rivale !
Oh ! que de sang, nos frères à venir !
Que de bienfaits vous aurez à bénir !

Encor vivants ! ô destinée étrange !
Ingrate mort, suicide moqueur !
De la vertu c'est le sort qui se venge !
Nous n'avons plus rien d'entier que le cœur !
Quelles douleurs, quelles croix sont les nôtres !

Gibet du Christ, oh ! quel affreux trépas !
La lettre meurt ! mais l'esprit ne meurt pas !
Républicains, prêchez, nouveaux apôtres.
Oh ! que de sang, nos frères à venir !
Que de bienfaits vous aurez à bénir !

Lions mourants, on nous crache au visage.
Avance donc, charrette de malheur !
Le vieux Bailly fut grand devant l'outrage :
Tout aigle est digne aux rets de l'oiseleur.
Sainte justice, en nos temps de tempêtes,
Oui, l'échafaud, l'échafaud seul a tort ?
Vite, nocher, fais-nous rentrer au port....
Le peuple a dit, voyant tomber leurs têtes :
Oh ! que de sang, nos frères à venir !
Que de bienfaits vous aurez à bénir !

LE COMPAGNON DU TOUR DE FRANCE.

A Agricol Perdiguier.

Air *En avant Fanfan la Tulipe* (E. DEBREAUX).

J'ai fait mon apprentissage,
Je me souviens à quel prix,
A Pantin, ce grand village,
Que l'on nomme aussi Paris.
Que de fois, regrettant ma ferme,
Je me disais : moi, Bourguignon :
Pleurer sans ognon !
Jean mon mignon,
C'est grognon,
Tout guignon

A son terme !
Daube, garçon, comme à la noce,
Roul' ta bosse,
Gai compagnon.

Tout état a ses misères ;
Mais le plus noble métier,
C'est le métier de mes pères :
C'est celui de charpentier.
Un bon *Zig*, nommé la Thuringe,
De moi *lapin* fit un *renard*.
Alors sans retard,
L'aspirant part
Au hasard :
— Vieux braillard,
Adieu *Singe !*
Daube, garçon, comme à la noce,
Roul' ta bosse,
Gai compagnon.

En route il faut bien qu'on rie ;
Dans une auberge arrêté,
L'hôte me dit *coterie*,
Buvons à notre santé !

— Ton cidre me fait mal au ventre ;
Du vin , repris-je , ô marmiton !
Bonnet de coton .
Fouin du canton ,
Quel *picton !*
Me prend-t-on
Pour un *pantre ?*
Daube, garçon , comme à la noce ,
Roul' ta bosse ,
Gai compagnon.

Enfin , d'humeur maladive ,
Le *boursicot* prodigué ,
A Nantes un soir j'arrive ,
Sac au dos , bien fatigué.
Leste alors , je cours chez la *mère.*
Table ouverte était belle à voir !
Honneur au devoir !
— Mère bonsoir.
— Viens t'asseoir
Au *mangeoir,*
Dru compère !
Daube, garçon , comme à la noce ,
Roul' ta bosse ,
Gai compagnon.

Vive l'homme qui travaille ;
Compagnon je suis reçu.
Je n'avais ni sou ni maille,
De Bordeaux je sors *cossu*.
Si l'on me *tôpe* sur la route,
Moi, si fort, j'évite les coups.
        Je dis sans courroux :
            —Entendons-nous,
                Je t'absous,
                File doux,
            Drille, écoute !
Daube, garçon, comme à la noce,
            Roul' ta bosse,
            Gai compagnon.

Dans Agen , ville jolie,
Reste, me dit un bourgeois,
Reste, épouse ma Julie,
Nous serons heureux tous trois.
Non, merci ! Fortune enivrante,
Pour Béziers je pars en deux temps !
        Voici le printemps,
        Oh ! le beau temps !
            Bats aux champs,
            Je l'entends,

L'oiseau chante !
Daube, garçon, comme à la noce,
Roul' ta bosse,
Gai compagnon.

Bourguignon, dit *la Constance*,
Sans cracher sur le plaisir,
J'étudiais en Provence,
Dans mes moments de loisir.
— Vécût-il comme un patriarche,
L'ouvrier n'est jamais savant
— Plus qu'auparavant !
Dorénavant,
Bon vivant,
En avant !
Marche ! marche !
Daube, garçon, comme à la noce,
Roul' ta bosse,
Gai compagnon.

Revenu dans ma Bourgogne,
Je m'écrie : O Salomon !
Donnez à tous rouge trogne,
Préservez-nous du sermon.

— Halte ! ici, compagnon mon frère,
La conduite achève son cours !
   —Sermon ou discours,
    Soutiens toujours
     Tes amours,
     Les vieux jours
     De ta mère !
Daube, garçon, comme à la noce,
    Roul' ta bosse,
    Gai compagnon.

LES CHARMETTES.

Musique par l'auteur des paroles.

Laissons courir nos pensées
Cadencées
Par l'ivresse du festin.....
Écoute!... l'airain résonne,
Minuit sonne
A quelque clocher lointain.

O solitude éloquente!
Nuit riante,
Bruissement enchanteur!
Le cœur qui sait vous comprendre
Doit s'éprendre
D'amour pour le Créateur!

Les brumes, chastes étoiles
          Sont vos voiles.
Lune blanche, à ton lever,
Tout parfum devient dictame.
          Porte à l'âme ;
Oh ! qu'il est doux de rêver !

Ah ! chantons ! de la nature,
          Ta voix pure
A l'ineffable douceur !
N'es-tu pas toute harmonie !
          Sois bénie !
Mère, épouse, amante et sœur !

L'amour pur a ses mystères
          Solitaires,
Comme la Biche et le Daim.
Faisons un nid de fauvettes ;
          Des Charmettes,
Maman, créons un Éden.

Ah ! restons sur la colline
          Qui domine
Les bois, la ville et les eaux :
Vois déjà, sur ta fenêtre,
          Apparaître
Et gazouiller les oiseaux.

Vois, la vapeur se condense,
Se nuance ;
Et, météore amoindri,
Darde sa lueur turquoise
Sur l'ardoise
Des vieux toits de Chambéry.

Déjà l'aurore vermeille
Se réveille ;
Le grand jour est loin encor :
Vois, sous la voûte étoilée,
La vallée
Se draper d'un manteau d'or.

Chaque étoile est-elle un monde ?
Trop profonde,
La pensée a ses douleurs.
Du jour, salut, ô merveilles,
Les abeilles
Vont butiner sur les fleurs.

Oui, butinez, travailleuses
Bienheureuses !
Vous n'avez pas nos abus.....
La chrysalide difforme

Se transforme!
— Écoute!... — C'est l'*Angelus!*...

Devant ces tableaux sublimes,
Sur ces cimes,
L'homme n'est qu'un vermisseau!!...
L'homme gardera, je pense,
Souvenance
Du prolétaire Rousseau!

LES PRÉJUGÉS DU PEUPLE.

A Madame la marquise de B......

Air *Berthe a surpris mon premier cheveu blanc*
(V. RABINEAU.)
Des hommes d'argent (DELAMARCHE).

Vous avez ri, Madame, de ma mise,
De ma candeur, qu'à tous je laisse voir ;
Du peuple, en moi, Madame la marquise,
Pour rire encor, vous me mandez ce soir.
N'y comptez point : par votre âme jalouse,
Peuple, j'ai vu mes instincts outragés !
Je n'irai plus chez vous salir ma blouse !
Le peuple aussi garde ses préjugés !

Vous m'avez dit : Comparer l'ambroisie
A l'hydromel, insipide liqueur,
C'est comparer noblesse et bourgeoisie :
L'une est le ventre et l'autre c'est le cœur.
Madame, ainsi, notre part Dieu l'a faite,
Ceux qui n'ont rien sont les mieux partagés !
Marquise, à nous les bras, l'âme et la tête !
Le peuple aussi garde ses préjugés !

Ainsi, toujours, toujours l'antagonisme !
Nobles, ce rôle, il vous appartient bien.
Comme autrefois, cuirassés... d'égoïsme,
Vous voulez tout et ne produisez rien.
Barons, par vous, des sueurs de nos veilles
Les plus doux fruits ne seront plus mangés !
O vils frelons, prenez garde aux abeilles !
Le peuple aussi garde ses préjugés !

Les chevaliers ont fourni leur carrière,
Jacques-le-Dogue a gémi sous leurs coups ;
Jacques-Lion hérisse sa crinière.
Preux d'aujourd'hui, preux, où donc êtes-vous ?
Fières, riez, ô races dédaigneuses,
Vous le savez, nos pères sont vengés !

Plus fier que vous , fier de ses mains calleuses ,
Le peuple aussi garde ses préjugés!

Un nerf de bœuf a produit vos richesses ,
Cinglant les reins d'esclaves noirs et blancs ;
Mais vient le jour des haines vengeresses
Où Spartacus voit ses maîtres tremblants !
Voleurs du sol , barates de la plage ,
Ah ! vous riez des pauvres naufragés !
La faux du Temps tranchera l'héritage !
Le peuple aussi garde ses préjugés.

Vaincus d'hier, vous rentrez dans la lice ,
Bien moins nombreux, mais plus ambitieux.
Un roi, barons , est-il donc la justice ?
Tout roi n'est plus qu'un chef de factieux !
Exaltez-donc le culte monarchique ,
Roidissez-donc vos bras découragés !....
Nous sommes prêts !... vive la République !
Le peuple aussi garde ses préjugés !

Non, épargnez vos poitrines débiles !
Nous sommes tous faits du même limon !
Ne traitez plus, ô mouches inutiles,
D'inférieur le cheval du timon.
L'égalité, c'est le droit en litige....

Des fers pour vous n'ont point été forgés !...
Donc, taisez-vous, la force seule oblige !
Le peuple aussi garde ses préjugés !

Vous avez ri ! riez encor, qu'importe !
Marquise, quoi ! Comme un palefrenier,
Mettriez-vous tout le peuple à la porte ?...
Oh ! rira bien qui rira le dernier !
La ruche est grande, allez, faites ripaille,
O fainéants de notre miel gorgés ;
Mais chapeau bas ! saluez qui travaille !!
Le peuple aussi garde ses préjugés.

PÈLERINAGE.

PÈLERINAGE.

Air *Notre Dame du Mont-Carmel.*

Aveugle, et malgré mon grand âge,
Oui, malgré mes quatre-vingts ans,
Je veux faire un pèlerinage ;
Donnez-moi le bras, mes enfants.
Je veux, au pied de la colonne,
Évoquer mes vieux souvenirs.
Suspendez, enfants, ma couronne
Sur le tombeau de nos martyrs.

Là, de l'époque féodale
S'élevait la sombre prison ;
Là, d'une torture infernale,
On punissait d'avoir raison ;

Là, du penseur qu'on questionne,
Les murs étouffent les soupirs.
Suspendez, enfants, ma couronne
Sur le tombeau de nos martyrs.

Par tout le sang qu'elle gaspille,
L'humanité marche à son but;
J'ai vu s'écrouler la Bastille :
Là votre aïeul, enfants, mourut.
Là j'ai maudit, Dieu me pardonne,
Le roi, sa cour et ses visirs.
Suspendez, enfants, ma couronne
Sur le tombeau de nos martyrs.

La Liberté, dès sa naissance,
Dormait d'un pénible sommeil :
— Debout, ma sœur, lui dit la France;
Vois, de Juillet, c'est le soleil !
Mânes, trois jours le canon tonne;
Les rois ont de tristes loisirs.
Suspendez, enfants, ma couronne
Sur le tombeau de nos martyrs.

Quand de l'arbre démocratique,
A tes pieds, le fruit tomba mûr,

Tes fils t'ont dit : « république !
O mère ! bois notre sang pur.
Amour pour tous ! mère, sois bonne ;
Dieu te garde des repentirs !!....
Suspendez, enfants, ma couronne
Sur le tombeau de nos martyrs.

Comme je crois à l'autre vie,
Du monde je crois au bonheur ;
Chaque présent sème à l'envie,
Tout avenir est moissonneur.
Nous avons, nul ne s'en étonne,
O morts ! les droits de vos désirs.
Suspendez, enfants, ma couronne
Sur le tombeau de nos martyrs.

COSMOS.

mon excellente amie, Madame Marie d'Agoult (Daniel Stern).

Air :

A Pompéi, dans un temple en ruines,
Pline l'Ancien vit un antre profond,
Antre fermé par un buisson d'épines,
Qu'aventureux Pline franchit d'un bond.
Sous les arceaux d'antiques catacombes,
Notre savant égare au loin ses pas :
Où sont, dit-il, tous les morts de ces tombes ?
Pour quelle fin l'homme est-il ici-bas ?

Comme il disait, une voix formidable
Du souterrain frappa les sourds échos ;

Puis, d'un cercueil un géant effroyable
Surgit, criant : Mortel, je suis Cosmos !
Malheur à toi ! l'amour de la science,
Avant le temps, te conduit au trépas.
Il est, mortel, un terme à ta puissance !
Pour quelle fin l'homme est il ici-bas ?

L'épée en main, et se tenant en garde,
Pline écoutait, doutant de sa raison.
Cosmos reprit : Oh ! calme-toi, regarde !
Vis-tu jamais un pareil horizon ?
Il dit, soudain la crypte s'illumine ;
Ses murs ardents croulent avec fracas :
O Dieux, dit Pline, ô puissance divine !
Pour quelle fin l'homme est-il ici-bas ?

Mais à la peur le Romain ne succombe ;
A travers monts et lacs incandescents,
Ainsi qu'un aigle enlève une colombe,
Cosmos l'emporte entre ses bras puissants.
Sous le Vésuve, enfin, il le dépose :
— Ecoute-moi : Dieu seul ne doute pas ;
Moins un seul point, tu sauras toute chose.
Pour quelle fin l'homme est-il ici-bas ?

Par maint déluge à peine refroidie,
Soleil éteint depuis cinq cent mille ans,
J'ai vu la terre à ses pôles verdie,
Le mastodonte errer sur mes volcans.
J'ai vu, plus tard, l'homme dans sa faiblesse
Lutter du cœur, de la tête et du bras;
Lutter toujours : toujours lutter sans cesse !
Pour quelle fin, l'homme est-il ici-bas ?

Voulant donner, moi le feu, moi la vie,
Au cœur humain plus d'amour, de vigueur,
J'essaye en vain de détruire l'envie,
Qui le dévore ainsi qu'un ver rongeur !
Patricien, dans ton espèce humaine,
Pourquoi des rois? pourquoi des parias?
L'homme de l'homme a seul rivé la chaîne ;
Pour quelle fin l'homme est-il ici-bas ?

Un homme est mort sur la croix, en Judée ;
Cet homme a dit : Je suis le fils de Dieu !
Il disait vrai ! cet homme était l'idée,
Comme je suis la matière et le feu.
Or, par les lois de ce divin génie,
Naîtront, après deux mille ans de combats,

Vingt cycles d'or, de paix et d'harmonie?
Pour quelle fin l'homme est-il ici-bas?

La république, alors universelle,
Ignorera qu'il fut des souverains;
Plus tard, le temps éteindra de son aile
Notre soleil et mes feux souterrains.
Pour féconder ses guérets et ses treilles,
L'humanité, dans la nuit, les frimas,
Enfantera merveilles sur merveilles.
Pour quelle fin l'homme est-il ici-bas?

Oui, le soleil et ce brâsier qui gronde,
Voilà la vie et la fécondité.
Plus de chaleur, adieu l'âme du monde!
Des fils d'Adam, adieu, postérité!
Moi, de ce feu dans la dernière flamme,
Je m'éteindrai; Pline, tu l'écriras:
Du dernier homme une âme suivra l'âme.
Pour quelle fin l'homme est-il ici-bas?
. . . .
L'an quatre-vingt, Pline écrivit ce rêve
Sur le Vésuve, après un lourd sommeil;
Le volcan gronde!.... il s'enfuit vers la grève;

Un banc de cendre obscurcit le soleil :
Malheur ! dit-il ; ah ! la lave ruisselle ;
La flamme sort du cratère en éclats !
— Je vais savoir si l'âme est immortelle !
Pour quelle fin l'homme est-il ici-bas ?...

FIN DES CHANTS DE L'ATELIER.

NOTE.

Ouvrier, mais non compagnon, n'ayant fait dans le *Compagnon du tour de France* qu'une œuvre de pure fantaisie, je crois devoir terminer ce recueil par une véritable chanson de compagnonage.

Le Compas, que j'insère ici, est un vrai modèle du genre.

LE COMPAS.

Air *Du Dieu des bonnes gens* (BÉRANGER).

Pourquoi céder aux transports de ma muse
Lorsqu'il lui vient un grain de vanité ?
La folle, hélas ! sait bien que je m'abuse
Quand j'obéis à sa légèreté.
Mais aujourd'hui, soit faiblesse ou courage,
Me soumettant encore à ses ébats,
Je prends mon luth, et du compagnonage
  Je chante le compas (*bis*).

Fils de Perdix , en portant ton emblême,
Tout *devoirant* doit graver dans son cœur
Qu'il a reçu la mission suprême
De propager les principes d'honneur.
De nos aïeux c'est le noble héritage
Que l'opulent souvent ne reçoit pas ;
Il a de l'or, mais le compagnonage
    A pour lui le compas (*bis*).

C'est le compas qui règle nos mystères ;
C'est le compas qui règle aussi nos mœurs ;
Les *devoirants* par lui sont tous des frères,
Malgré le nom , l'état et les couleurs.
Enfants des arts , disciples du *passage*,
Si l'*étranger* vers nous guide ses pas ,
Dans le blason de son compagnonage
    Honorons le compas (*bis*).

En parcourant les quatre coins du monde ,
Si vous perdez l'étoile d'Orient,
Du compagnon la course vagabonde
Semble braver tout inconvénient.
Malgré les vents , et la grêle et l'orage,
Quoiqu'égarés , ne vous alarmez pas :

Vous trouverez votre compagnonage
    Au milieu du compas (*bis*).

Mais que d'abus au nom de cet insigne !
Méconnaissant les vœux du fondateur,
On vit souvent repousser comme indigne
Un compagnon ! quoique vrai zélateur.
N'abusons pas des mots ni de l'usage ;
Soyons humains, méprisons les ingrats,
Et nous serons, dans le compagnonage,
    Tous dignes du compas (*bis*).

Fraternité ! ton ère enfin commence,
Donne l'essor à tous nos étendards ;
L'arbre sacré qui porte la science
Va protéger le génie et les arts.
Chers *devoirants* ! sous son riant ombrage,
Jurons ces mots : « union des états, »
Et que la paix dans le compagnonage
    Soit tracée au compas (*bis*).

MORIN, *dit l'Ile de France*, *la Belle conduite* C∴C.

[illegible]

TABLE DES MATIÈRES.

Paris, Paul Dupont,
r. Grenelle-St-Honoré, 55.

www.ingramcontent.com/pod-product-compliance
Ingram Content Group UK Ltd.
Pitfield, Milton Keynes, MK11 3LW, UK
UKHW022240120726
13694UKWH00003B/902